RAINBOW | 087

가고 오네

이주현 시집

초판 발행 2021년 3월 8일
지은이 이주현
펴낸이 안창현 **펴낸곳** 코드미디어
북 디자인 Micky Ahn
교정 교열 최기주 이형욱
등록 2001년 3월 7일
등록번호 제 25100-2001-5호
주소 서울시 은평구 갈현로 318-1 1층
전화 02-6326-1402 **팩스** 02-388-1302
전자우편 codmedia@codmedia.com

ISBN 979-11-89690-47-2 03810

정가 12,000원

가고 오네 | 이주현 시집

이주현

유년시절 한 조각의 추억으로 사라질 줄 알았던
평생 쌓아 온 마음속 소망이
등단이란 이름으로 문을 열던 날은
햇살은 나만 보고 웃는 듯하고 기쁨은 백합처럼 피어나고
한 번도 경험하지 못한 새로운 세계가 눈앞에 열리는 듯한
아직도 생각만으로 가슴 떨리는 처음 느껴본 황홀한 경험이었습니다

누에고치에서 실크를 뽑아내는 정성으로 향기로운 詩語를 연출하고
싶었으나 창작의 어려움은 무게를 점점 더하고 열정과 노력만으로는
어림도 없는 詩란 높은 벽에 방향을 잃고 표류 중이었던 저에게
문효치 교수님께서 많은 가르침과 용기를 주시고
지연희 교수님의 따뜻하고 세심한 배려에 힘입어
드디어 출간이라는 꿈을 이루게 되었습니다

졸작이지만 조금이나마 공감이 되고 마음의 위안이 될 수 있다면
저에게 큰 보람이 될 듯합니다

2021년 3월
이주현

차례

1부　　　　　　초승달

2부 　　　　　무상

차례

3부   예감

4부   꽃바람

차례

5부   빈방

지나는 바람결에
고이 묶어 날려 놓고

묵묵히 긴 세월을
청산은 말이 없네

ㅡ「침묵」 중에서

1

초
승
달

그리움 1

마음이 빈 듯하여
뜰 앞에 나왔더니

별도 달도 먼저 알고
풀잎에서 기다린다

구름 한 장 손에 들고
달빛 불을 밝혀

시 한 소절 올려놓고
그대인 듯 바라본다

그리움 2

살면서 아련한 그리움
누가 하나 없으랴

기쁠 때 꺼내 보고
슬플 때 꺼내 보고
외로울 때 꺼내 보면
답은 그 안에 있더라

세월이 주고 간 수첩 속에
겹겹이 쌓인 사연
그리움의 징검다리 되어
사랑으로 엮어 놓고
마음 한쪽 뚝 떼어
그대에게 보냈더니

돌아온 답은 그리움

초승달

저문 밤

낮게 뜬 초승달 몰래 훔쳐서

잠든 엄마 눈썹 위에 심어 놓고

하도 예뻐

보고 또 보았다

울 엄마 그걸 모르고

거울만 보고 또 본다

침묵

청산은 그 자리에
언제나 그 자린데

창공은 어찌하여
시도 때도 없이 변덕인가

가고 오는 세월 따라
그 많은 사연들을

지나는 바람결에
고이 묶어 날려 놓고

묵묵히 긴 세월을
청산은 말이 없네

그는 뉘신가

저 앞산 봉우리
휘감아 돌고 있는 구름 한 점
그는 뉘신가

어디선가 스쳐간 얼굴인 듯
며칠 전 꿈속에서 본 듯 아련하다

목화솜처럼 피어올라
수줍은 듯 말 못하고
우물쭈물 그냥 지나려는데

세월이 따라가며
묻고 또 묻는다

보물 같은 추억

까만 글 속으로 길이 보인다
꼭 누군가를 만날 것 같은

파란 청춘들이 그때 그 모습으로
가물가물한 길의 끝에
필름을 풀어헤치고 있다

반가움에 목이 메어
할 말을 잊었고

숨을 다듬고 돌아 보니
천금을 준들 살 수 없는 보물들
세월이 지우개로 지우며 간다

가고 오네

기해년
치맛자락 거머쥐고
담을 넘고 있다

구름 속에 쌓인 햇살
살짝 이빨을 내보이고

좌청룡 우백호 내려앉은
대광사 뒤뜰에 복수초

목화솜 같은 눈 속을 헤집고
노란 입술 내밀고
쪼르르 앞으로 나온다

그 겨울

싸락눈이 내리며
볼기를 후려치던 그날
까마귀 내 머리 위에서
울며 따라오고
번지 없는 주막집은 장날 같다
땅바닥은 어금니 꽉 다물고
하늘만 쳐다본다
괭이도 삽도 튕겨져 달아나고
모닥불이
얼어붙은 마음 달래고 있다
무명초
삶의 여로 접어들고
깊은 잠 속으로 들어간다

달님이 그네를 탄다

수양버들 가지 잡고
보름달이 그네를 탄다
강물을 오가며
빛바랜 필름 풀어헤쳐
이루지 못한 지난날 아쉬움 밀어내고
도란도란
익숙한 꿈의 소리를 나눈다
희뿌연 새벽에 밀려
아쉬움 옹이처럼 남겨 놓고
운명의 그릇 깨지 못한 채
안개 속으로 사라진다

깜빡이가 두렵다

인간의 머릿속에서 태어난
악마가 쑥쑥 자라고 있다

하늘을 덮어버리는 검은 그림자
지구가 술에 취하여 휘청거린다

허파는 새까맣게 그을리고
뇌는 반딧불처럼 깜빡거린다

주머니에 든 폰을 찾고 있는 시대
화가 치밀어 머리가 들썩거린다

무임승차

슬픔도 기쁨도 내 것인 것을
소풍 온 듯 다녀가는 무임승차
돌아올 줄 모르는 인생 여로
장독대 물동이는 가득 찼는데

가슴에 옹달샘은 반 밖에 못 채우고
스쳐가는 열차를 전송하며
삶의 무게에 못 이겨
오늘도 질픅거린다

망부석

가자
누가 오라던 말던
남이야 가던 말던
마음이 원하는 대로 가자

그곳에
눈물로 기다리는 망부석 하나
세월의 무게를 모래알로 세고
파도에 따귀를 맞아 가며
물세례를 받고 있다

그를 만나러 가자

누구 없소

울도 담도 없는 집에
청솔이 우거져 지붕 만들고
자연을 벗 삼아 외로움을 달랜다

가슴이 시려오는 물소리
슬픔을 보태는 부엉이 소야곡

솔잎에 얼굴을 묻고 눈을 감으면
외로운 적막이
송곳 되어 심장을 찌른다

누구 없소
거기 아무도 없소

매화

칼바람 모진 매를
향기로 솔았는가

이른 봄 잠시 웃고
열매속에 담았는가

매실주 한 잔에
볼그레한 양 볼
봄바람에 방실거리던
네 모습 같구나

너털웃음

웃자
지구가 흔들리고
별들이 아자 아자 손뼉 치고
달님이 너털웃음 웃고 나오게

가슴 열고
입이 귀에 닿도록
다이돌핀이 목젖 흔들고
박장대소 웃고 나온다

건강은 웃음을 업고 다니고
행복은 오지랖에 따라 다닌다

백세는 건강이 대세다
오늘도 내일도 웃으며 살자

허기

하늘은 구름으로 가득하고
밤하늘엔 별들이 가득하고
땅엔 만물이 가득한데

난 이 작은 항아리 하나 못 채우고
날마다 고프다

구름 한 장 손에 들고
깨알처럼 메워 보지만

허한 가슴은 여전히 빈 항아리

청자

바닥에 주저앉은 청자
조각난 비명소리에
넌 아파서 울고
내 가슴은 찬바람이 인다

산산조각으로 변하면서
무섭게 칼날 세우고
가까이 오지 마라 경고한다

목단 문양에 내 혼을 담았는데
가슴에 아린 구멍 지울 수 있을까

떨어져 나간 살점들
눈물로 붙여 보지만
상처투성이인 너를
내 어찌 감당할까

멈춰버린 공간

그 깊은 얼음 속에
단풍잎이 피어있다
숨마저 멈춰버린 공간에서
꿈을 꾸고 있다

수정 속의 붉은 루비처럼
그대 목에 걸려 있는
불같은 사랑이다
영원을 약속하는 꿈

은하계 너머
우주의 기운은 넘쳐와
붉은 잎은
뜨겁게 타고 있다

막연한 그리움도
임자 없는 그리움도

붉은 단풍잎에 앉아
가을을 태운다

- 「허기진 가을」 중에서

2

무
상

무상

친구야 오는 길에 돌부리는 없었던가
자욱마다 땀이 고여 여기까지 오셨는가

짐은 묶어 바람 주고
마음 묶어 세월 주고
젖은 옷 벗어 들고 훨훨 털어 보게

이리도 시원한 걸
이리도 가벼운 걸

상사화

불갑사 뜰 앞에
별똥별 떨어져
등잔불에 불씨 하나 심더니

바람의 부채질에 옮겨
엉겨 붙은 상사화
눈 깜짝할 사이
불바다를 이루었네

향수에 젖어

오월은 바람의 등에 업혀 온다

햇빛도 향기로운 저녁 답
아카시 나무 향수에 젖어 서 있을 때
구름 저편에서 들려오는
희미한 가야금 소리

속 눈썹 사이로 이슬비 내리고
마음은 그를 찾아 길을 떠난다

태양이 웃을 때

새벽달을 보내고
검은 대지를 가르며
미명이 문을 연다

이글이글 치솟는 불덩이
어느 별에서 수억 겁을 굴러왔나
희끄무레 여명은 밝아 오고
태양은 너털웃음으로
천지에 햇살을 뿌린다

잎새들은 밤새 는개를 마시고
별처럼 반짝이며 일어서고
세월은 오늘을 시작한다

황금기

저녁노을은 하늘이 아니라네
삶을 엮어 온 여정 속 묘기라네

무지개 핀 언덕에 한 가닥 줄을 잡고
황금기 새로운 2악장

고목나무에 별빛이 내려오고
잎새마다 시어가 반짝인다

웃음과 웃음 속에
알알이 영글어 가는 지혜

세상이 꽃밭이라네

잠든 시계

산은 높고 골은 깊어
켜켜이 쌓여 있는 적막 사이로
햇살은 잊지 않고 찾아 준다

버려진 호두나무·
홀로 자라
빈 집을 이불처럼 덮고
방 안 벽시계는 열 시 반에 잠들어 있다

고독을 사랑했던 친구
어느 하늘 어느 별에서 보고 있을까

시계는 외로움을 삼키며
주인을 기다리는데

하늘의 인연

찬란한 노을 뒤에
햇살이 머뭇거린다
세월이 언제
내 키를 훌쩍 넘었나

백세는 나를 잡고
놓아줄 생각 없고
하늘 끝자락에 걸어 두고 온 인연
백발이 펄럭인다

어느 행성 좁은 골목에서
아직도 기다리는가
창밖에 너를 두고
내 어찌 잠을 청할까

삼천 대천세계

구름 위에 올라서 하늘 문 열었더니
하늘 위에 더 푸른 하늘
그 위에 또 그 위에 삼천 대천세계에
선인들이 살고 있다 하고
인간의 지혜로는 닿을 수 없는 곳
수많은 세월이 흘러간 뒤에
해탈의 문을 열고
가고 있는 그녀 뒷모습
거울 속에 담아본다

허기진 가을

가을은 시인의 계절
타다 남은 그리움
반달처럼 남아서
붉은 잎새 붙잡고 흔들리고 있다

누가 살면서
허기진 그리움 하나 없으랴

몰래 숨겨둔 가슴속 눈물 자국
기다림에 지쳐 갈대처럼 말라 들고

막연한 그리움도
임자 없는 그리움도

붉은 단풍잎에 앉아
가을을 태운다

가을

혼자는 감당 못할
가을입니다

외로움은 봇물처럼 터지고
그리움 구름처럼 몰려오고

왜 또 하늘은
저리도 슬픈지
창문 두드리며 통곡합니다

바람에 흔들리다 참지 못하고
뒹굴며 흐느끼는 단풍잎 하나
야심한 이 밤 어디론가 떠나고

외로움에 떨며
혼자는 감당 못할
가을입니다

가을비는 아프다

누가 주고 간 아픔인지
약도 없다

너는 겉으로 울지만
나는 속으로 운다

세상 슬픔 혼자 안고
자작나무 밀림 헤치며
달려올 것만 같아

눈은 그곳에 보내 놓고
가슴은 물레방아를 찧는다

철석 철석
그리움의 물레방아를

그대 보고 있나요

가을이 떠납니다
보고 있나요

지난날
소복 쌓인 단풍길
까치발로 누가 더 멀리 가나 내기했지요

난 발목 접고
손을 들었지만
그대는 내 지팡이가 되고 말았지요

해마다 그날이 오면
홀로 그 길을 걸어갑니다
까치발로
오지 않는 그대를 기다리며

가을이 떠납니다

보고 있나요

날개

날고 싶어 퍼덕이는 어깨 위에
무거운 짐 내려놓고
붙어 있는 먼지도 털었더니
잠자리 날개처럼 가볍다

햇살이
옆구리 간지릴 적마다
세월의 옆구리를 조금씩 빌린다

웃음을 빌렸더니
덤으로 행복하다

다듬이 소리

어슴푸레 잠든 귀에
다듬이 소리
똑딱 똑딱 똑따닥 똑따닥
가을밤 청아한 다듬이 합주곡

자정이 지났는데도
멈춰지지 않고
밤새 명주 한 필
파리가 낙상할 정도로
다듬어 놓았다

언니 혼숫감
몇 달 며칠을 하얀 밤 지새워도
엄마는 지칠 줄 몰랐다

허리띠 졸라매고 또 졸라매고
엄마는 원래 그러는 줄 알았다

늦은 후회 눈물이 앞을 가려
노을을 바라보니
서산머리에 구름 한 점
빙그레 웃으며 산허리를 넘는다

먼 훗날

삶이란 체인에 묶여
자유로운 듯 벗어날 수 없고

생각의 꼬리 물고
보이지 않는 세월에 밀려
헛발질하며
너도 모르고 나도 모르고
눈 뜬 맹인이 되어
미지의 세계로 빨려 들어가고 있다

가물한 세월 속에
작은 씨앗이 되었다가
또 다른 내가 되기도 하고

먼 훗날에

멍든 구름

검은 장막으로 하늘을 가리고
천둥번개 번뜩이며 불 칼 오가더니
구름은 온몸에 피멍이 들었다

밴댕이 소갈머리
넓은 하늘 비켜가지
두 눈에 불을 켜고
이마를 맞대는가

죄 없는 전봇대 숯덩이 만들어 놓고
히벌쭉 히벌쭉 웃고 있다

그 빛깔

구름의 잠 속에서
유독 별이 반짝이는 날

떠도는 구름 한 점 베어다가
치마폭에 올려 털면서
별이 쏟아지기를 기다린다

백지처럼 하얀 구름 위에
빼곡히 메운 별빛은
앵두 같은 입 오물오물
신비롭고 황홀하다

지금껏 보지 못한 그 빛깔

독도 바위섬

만경창파에 몰래 우는 바위섬
까만 밤 안고 바다를 지킨다
그 많은 사연 무릎 밑에 눌러 놓고
검게 탄 가슴
눈을 감고 부처가 되었네

철석이는 파도에 청춘을 보내 놓고
씻기고 깎이며 바다 품에 안겨
갈매기 슬픈 노래 눈물로 벗을 삼고
오늘도 바다 저 넘어 누굴 기다리는지

독도 바위섬은
철석 철석 외로움을 삼킨다

수십 년이 흘러도
사랑의 먼지에는
그리움이 흐른다

－「흘러간 약속」 중에서

3

예
감

명상

잔잔했던 숨소리마저 사라지고
내 영혼은
먼 여행을 떠난다

시원하게 뚫린 가로수 저 멀리
보일락 말락
가물가물
붉은 홍점 하나
마음의 문을 연다

희미한 안개가 걷히고
또 걷히고

붉은 홍점 하나가
내 가슴을 파고든다.

은은한 향기가 퍼지고
몸엔 전류가 흐른다.
얼굴엔 미소가 흐르고
가슴엔 장미 한 송이가 피어난다.

무명초

오늘
풀밭에서 나를 찾았다

앙증맞은 보라 꽃 무명초
허공을 맴돌다

잡초만 우거진 잔디밭에
시화詩花로 뿌리를 내리고

이제
구름의 슬픔도 받아 주고
별들의 사연도 들어 주고
바람의 아픔도 안아 주고

햇살 가득
꽃들의 웃음소리
잔디밭을 구른다

뱃고동 소리

배는 가물가물 멀어져 가는데
그대 마음 돌아와 가슴에 파고든다

귓가에 고동 소리 더 가까이 울리고
갈매기 따라가며 이별 서러워하고

두 줄기 강물 소리 없이 흘러
가슴에 옹달샘 만들었다

오마 하던 약속 세월 속에 묻히고
고동 소리만 귓속에 울고 있다

삼복더위

집안엔
삼베 인견이 걸어 다니고

에어컨은
터보를 앞세워
치마폭 흔들며 달려 나온다

태양은
펄펄 끓는 화독을 안고
창문에 붙어서
틈 사이를 기웃거린다

겹겹이
입을 꽉 다문 창문엔 틈이 없고

거실에
수박화채로 똑딱 배 띄워 놓고
삼복더위 피서지가 즐겁다

서산 대사 바위

남해 보리암
반공에 높이 솟은 촛대바위
이백 미터 상상봉 기암절벽
서산대사 이성계 기도처라 한다

소원 이룬다는 명당자리
모두가 쳐다보고 안달하지만
선뜻 갈 수 없는 전설 바위

한 여인은 눈을 감고 바위에 앉아
사경을 헤매는 남편 위해
몸과 마음 내려놓고
애절한 염원 안개처럼 감돈다

보는 이는 숨죽이고 발끝이 저려오는데
긴 숨 토하고 바닥에 내려선 여인

인파 속에 박수갈채 받으며
신비로운 미소 입가에 흐른다

수덕사 풍경소리

금붕어 한 마리 처마 끝에 매달려
달그랑 달그랑
바람결에 팔랑인다

큰스님 불경소리
세상 근심 녹아내리고

고요한 마음자리
촛불마저 멈춰 서는데
뜰 앞에는 참새 소리만 요란하다

사리탑 돌고 돌며
마음이 숙연해지고
눈물이 앞을 가린다

참회와 감사 부처님께 올리고
돌아서 오는 발길
가을 하늘처럼
맑고 시원하다

예감

달무리가 지던 날 밤
서먹한 발자국 소리
머리끝이 쭈뼛쭈뼛 하늘로 올라간다

여인은 먼저 알고
이불 속으로 잠들고

뿌리들 슬픔은 집안에 가득하다

서녘 하늘 구름 한 점
소리 없이 사라지고

빈 껍질은
젖은 발자국 속에서 위로를 받는다

인생 2막

세월이 내 키를 넘더니
산허리를 돌아
빙그레 웃으며 간다

오색구름 넘실거리며
오늘은 떠나고
더 찬란한 내일이 온다

봄여름 지나면 가을이 오듯이
인생 2막은 육십부터
탐스런 과일로 익어 간다

연륜의 씨앗은 땅속으로 심어지고
나무는 숲을 이룬다

해바라기

키는 멀대처럼 크고
둥글 넓적 복스런 얼굴
여드름투성이다

눈만 뜨면
그대를 따라다닌다고
붙은 이름이 해바라기

동네 아낙들
심심풀이 입방아 소리

담장 위에
노란 능소화 귀에도
나뭇가지에 졸고 있던
참새들 귀에도
바람은 소삭소삭 전해주었다

한여름 폭염에도 마다않고

님만 따라다니더니
달덩이 같은 얼굴은
볼록볼록 튀어나온
주근깨 투성이다

그녀는
요즘 부끄러워
고개를 푹 숙이고 섰다

청국장

남편이 텃밭에 가자고 재촉한다
가스불에 청국장 끓이다 말고
그냥 따라나섰다

온 김에 풀도 뽑아 주고
상추, 고추, 호박이랑 바구니에 소복 담고
웃음도 덤으로 얹어서
대문을 들어서는 순간
자욱한 연기가 숨통을 덮쳤다

응급조치를 취하고 돌아 보니
냄비는 불덩이가 된 얼굴
숯덩이가 된 눈으로 쳐다본다
나를 원망하는 듯

바스러지면서
가슴은 두방망이질을 하고
입은 부처님께 감사 감사

행복은 부르면 온다

동천 기업은행 앞
손바닥만 한 구둣방 아저씨

어찌나 친절하고 상냥한지
명품 가방이며 구두며
손님이 줄을 서고

아저씨 넉살에
지나는 길손도 배꼽 잡고 간다

아저씨 십팔번 곡 쨍하고 해뜰날

구두를 닦으며 어깨는 춤추고

허리춤에 찬 가방 속으로
행복은 쏙쏙 들어간다

흘러간 약속

세월
보이지도 잡히지도 소리도 없이
수없이 흘러간 약속

그리움 뭉치고 쌓여
망부석 되었다

파도는 철석이며
임자 없는 키를 넘고

해운대 벌판 후미진 곳에
푸른 청춘 부식되어
만지면 날아가는
먼지만 서 있다

수십 년이 흘러도
사랑의 먼지에는
그리움이 흐른다

삼위를 이루고

황금 들녘에 일렁이는 바람
구수하게 숙성된 향기를 풍기고

인생 여로에 가을이 오면
갈망하지 않아도 이루어지는 계절

켜켜이 쌓인 덕과 지혜
씨앗들에 거름이 되고

종심, 단풍, 노을은
가을 하늘에 오로라를 이룬다

꿈

꿈을 꾸다 돌아보니
재잘거리던 제비는 날아갔고
햇살은 개울물에
푹 빠져 질팡거리고
시리도록 맑은 물에
흰 다리 새우 줄행랑치고 있다

웃음은 허공에서 나풀거리고
가재 잡다가
집게다리에 물린 손가락 지금도 아린데

세월이 등을 다독거리며
눈시울 붉힌다

귀빠진 날

백 년 친구 귀빠진 날
입맛대로 식단 차렸더니
친구 입이 귀에 걸리고
가족은 오감이 즐거워
사대삭신이 흥겨워 춤을 춘다

양념처럼 밥상 위에 굴러다니는 웃음
오지랖에 매달리는 행복
바람도 고개 끄덕거리더니
휙 둘러 맛을 보고 간다

뿌리

평생을 골라 너에게 준다
삶의 뿌리는 사랑이다

뿌린 대로 돌아오는 건 세상 진리요
베풀지 않고 돌아오는 건
물 위의 거품과 같다

내 주머니 다 채우고 나면
베풀게 없다

반만 채우고 베풀어라
행복은 그 속에 있더라

바람은 파도를 업고

아득히 먼 저곳으로부터
바람은 파도를 업고
성큼성큼 걸어오더니
해운대 앞 바다에 철썩 내려놓고

벌러덩 물 위에 누워
달님을 부른다

달빛은 그를 품어 안고
갈매기는 시를 낭송하고
바람은 책장을 넘긴다

무엇을 남길까

세월은 가고 있는데
청춘은 머물고 싶고

백발은 오고 있는데
주름은 피해 가잔다

한치 앞도 모르고
허둥지둥 왔는데

칼바람에 꽃을 피운 매화는
향기를 버리지 못하고

지혜로 피운 인화仁花는
천년을 간다고 했다

그래도 봄바람 꽃바람에는 견디지 못해
눈송이처럼 스르르 녹아내리고 있다

－「꽃바람」중에서

4
꽃
바
람

돌개바람

그물에 걸려 물구나무 서서
뱅뱅이를 돌더니
솔잎 머리채 잡고
가지마다 박치기 시킨다
땅을 휩쓸어 멍석말이하더니
허공에 탑을 세워 놓고 사라 졌다
돌개바람이 광기를 부릴 땐
숨죽여 엎드려 있더니
여기저기서 토해내는 숨소리
산들바람 무심히 지나간다

수덕사의 밤

대지는
깊은 잠 속에 빠져 있고
어둠은
천지를 뭉개고 다가오고
대숲 속 희미한 불빛들이
자석처럼 끌고 간다

숨소리 죽여 가며 귀를 열었더니
반딧불이 모여 앉아
철야 기도를 하고 있다

먼 훗날 밝은 별이 되기 위해
때론 진지하고 때론 애절하게

단잠

공원 빈 의자에
햇살이 내려와 졸고 있다
발이 쉬어 가자고 구시렁구시렁
두 다리 뻗고 털썩 앉았더니
따스한 손길이 나긋나긋
머리에서 발끝까지
사랑을 봉사한다

햇살의 무릎을 베고
선 하품이 꼬리를 치더니
눈썹이 내려와 커튼을 치고
꿀맛 같은 단잠이
내 혼을 반쯤 가져가네
비몽사몽으로

송화松花 꽃 필 무렵

바람은 황금 모자 쓰고
황솔 밭에
팔랑개비처럼 날아다닌다

황금가루 염전에 뿌려
송화소금 만들고
칠첩 반상기에 올라
양반님네
긴 수염에도 금빛으로 매달린다

태안반도 푸른 바다
황금빛으로 일렁이고
솔 향은 피톤치드 향수처럼 뿌린다

꽃바람

한 송이 목련
그 모습 어디에 숨어 있나

별이 잠든 밤
칼바람에 실려
하늘 모퉁이 어느 창가에 앉았는지

목련은 피고 지는데
그리움은 명치끝에 뭉쳐
쓰리다가 아리다가 얼음덩이로 굳어 있고

그래도 봄바람 꽃바람에는 견디지 못해
눈송이처럼 스르르 녹아내리고 있다

별이 잠든 바다 발리

난간에 걸터앉아
눈을 바닷속으로 보냈더니
하늘이 통째로 내려와
별과 함께 쉬고 있다

아득한 지평선 눈이 모자라고
파란 물이 내 몸속으로 들어온다
몸속에 끈적한 먼지
말끔히 씻어 내고

은빛 조약돌 한 소쿠리 안고
잠든 대지를 지나
꿈의 나라로 들어갔다

보령 출렁다리

시작은 용감하다
중간도 못 가고 곡 소리가 나고

줄을 잡고 엉엉 우는 이
네발로 기는 이
퍼질러 앉아 엉덩이로 기는 이
난간 잡고 사시나무가 된 이
목이 터져라 엄마를 찾는 이
가지각색 묘기에 배꼽 잡는 시

이보다 더 재밌는 드라마 또 있을까
추억 한 보따리 꿈속까지 따라왔다

퉁소

어느 먼 별나라
선관이 하강한 듯
집채 같은 흰 바위에
홀로 앉은 도포자락

마주 잡은 손안에
대죽이 떨고 있다
잔잔한 물 위를 제비가 차고 넘듯
바위에 부딪쳐 광풍이 일어나듯

흐르는 듯 자는 듯
간드러진 음률에
새들은 숨을 죽이고
죽림은 춤을 추고
다람쥐는 쳇바퀴를 돌린다

지구의 재난

코로나는 날마다 기성을 부리고
지구는 검은 장막 속에
숨마저 할딱이고 있다

우리는 창살 없는 감옥살이
자욱한 안갯속 구세주만을 기다리고
푸른 잎만 자랑하는 행운목이
꿈틀거리며 일어선다

하얀 둥근달이 솟아오르고
천사의 미소가 방글방글
향기를 방안 가득 채운다

백 년에 오신다는 귀한 손님
코로나는 등 뒤로 숨고
가족들 너털웃음에 방안이 꽃밭이다

호랑나비

가물 한 빌딩 유리창에
그네를 타는 호랑나비

심장은 떼어서
이불 속에 묻어 놓고
목숨은 하늘에 부탁하고

올라가고 내려가고
아슬한 줄타기에
퍼득이는 날갯짓

창문은 거울처럼 맑아지고
보는 이는 오금이 저려온다

진작 알았다면

행복은 언제나 내일이었다

오늘은 철없이 살았고
후회는
내 발등 찍은 후 알았네

돌아보면
오늘의 햇살이 더 따스하단 걸

내일은
찬서리가 내릴지도 모른다

묻지 말고 오늘을 즐기자
100세로 가는 길
건강이 대세다

장작불

삭풍이 우는소리에
문풍지는 떨고 있고
아랫목 구들장은
왕골자리가 타는데
윗목 대접 물은
살얼음이 낀다
울 엄마 가족 추울까 봐
밤잠도 설치시고
새벽녘 찬 바람에
밤마다 장작불 지핀다

여유자작

예순에서 일흔 사이
인생에서 가장 여유만만할 시기
두려움 없이 행복을 느끼는 시기
자신만의 나르시시즘

경륜과 품격은 황금들녘과 같고
아름다움을 연출하는 저녁노을과 같다

예습도 복습도 없는 외길
지성과 영혼 최절정기
웰에이징으로 품격을 지키고
나만의 자발적 시간을 즐긴다

안개

그날
바다를 가르며 울부짖던 참새 소리들
깊은 바닷속으로 잠들고

그 자리에
무궁화 꽃 씨앗이 뿌려져
안개처럼 수면 위로
스물스물 피어오르고 있다

어느 햇볕 쨍한 날 천지개벽으로
너털웃음 터지는 날

삼천리 강산에 무궁화 꽃 만개하리

이석

내 작은 우주에는
수만 가지 꽃이 피고
새들이 재잘거리고
매미 두 마리가 밤낮없이 노래 부른다

때때로 이석이란 친구 찾아와
물레방아를 돌려주면
천지창조가 한눈에 들어온다

그들을 안고 즐기며
힐링 속에 웰에이징으로 산다

어머니

이른 봄 양지바른 햇살
파도를 품어 안은 바다

그 위대함
말로는 다 못하고
글로도 다 못 씁니다

세월은 흘러도
뿌리는 깊이 남아
천 손을 벌려 따사로운 햇살
하늘도 땅도 품으로 안습니다

불러도 불러도 지치지 않는
바람결에 실려 오는 백합 향기
몸속에 젖어 든 어머니 내음
수많은 세월 흘러도
바람도 비켜 갑니다

하늘공원

누가 동산에 불을 지폈나
붉게 타오르는 상사화

가슴 풀어헤치고
달려오는 청춘들
불나비처럼 날아든다

인파가 물결치는 하늘공원
능선에 걸터앉은 붉은 노을이
갈바람 사이로 미소를 보낸다

산소같은 사람

평생을 찾았지만
그런 인연 못 만나고
지금도 찾고 있다

산은 병풍처럼 둘러 놓고
쪽빛 하늘 마주하고

구름 한 점 베어다가
장기판을 만들어서

빛 고운 별을 골라
장기 알로 올려놓고

장군 멍군 하다 보니
해는 서산에 걸려 있고
내 앞에 그 사람인 줄 몰랐네

숨어보는 달빛
가지 사이로 불러

음악을 호수에 풀어
붉은 물감을 들인다

－「숨어보는 달빛」 중에서

5

빈
방

빈방

빈방 침대에
햇살이 내려와 쉬고 있다

화병에 백합 향기는 방 안 가득하고
코끝은 향기를 빨아들이고
바람은
삐죽하게 열린 창문 사이로
날개를 접고 들어온다

산뜻한 시어들
꼬불꼬불
백지 위를 걸어 다니고
산들바람은 책장을 넘긴다

장마

지구 한 모퉁이가 술렁거린다
하늘은 슬픔에 잠겨
허공에 눈물바다를 만들고
땅은 홍수로 고통 바다를 이룬다

만물은 지쳐서 흐느적거리고
햇님은 휴가 중인가
웃음마저 감추고

넘치는 건 모자람만 못한데

바람아

너는 꽃 속에서 나를 잊었지만
나는 풀잎에서 너를 잊었다

쪽빛 하늘 구름 한 점 걷어다가
울도 담도 없는 뒷뜰에
백지처럼 펼쳐 놓고
꼬불꼬불 지렁이가 기어다니는

못난 글 부끄럽지만
후미진 곳도
바람이 겨우 지나다니는
모퉁이 집에도
내 향기 전해주고 싶다

바람아

바위를 녹이고 싶다

몸은 작지만
바위를 흔들고 싶다

세상살이 고달퍼
가슴이 바위처럼 굳어갈 때
하얀 눈을 녹이는 태양처럼
읽으면 읽을수록 향기 나는
따뜻한 시 한 소절
바위 속에 담고 싶다

그 온기를 품고
바위가 조금씩 조금씩 녹아내리게

배롱나무

법당 앞 배롱나무 세속에 묵은 때
훌훌 벗어 놓고
일념으로 백 일 정성
붉게 태우며
하얀 마음으로 불경 소리 듣고 섰다

불어오던 바람 숨죽이고
공양주 보살 깨끼발로
날던 참새들 머리 조아려
부질없는 마음 참회하고
진리의 말씀 알아차린 듯

처마 끝에 튀어 오른 금붕어
풍경소리 잠재우고
고요는 깊어 가는데
스님 불경소리 산사를 흔든다

자석 같은 사랑

전철 속 미풍에
옷자락 스친 것이
아직도 팔랑이고 있다

그 향기 자락에 매달려
뼛속까지 파고든다
억겁의 여정 속 거미줄 같은 인연

스치고 또 스쳐
자석 같은 인연으로
황금빛 저녁노을 걷고 있다

뻐꾹새 울며 간다

염치없어 우는 줄
알지 못하지

애절한 울음 속 그리움
아무도 알지 못하지

이산 저산 헤매며
불러 본들

변해 버린 새끼 모습
알 수 없고

메아리 슬피 울며
돌아온다

청산 깊은 골
해는 저물고

자연의 섭리

변할 수 없으니

세월 등에 업혀 울며 간다

연잎 위에

호숫가 벤치에 홀로 앉은 여인
저 많은 외로움 누가 주었나

호수 속에 날아드는 단풍 잎새들
그 슬픔 나누려고 달려왔는가

그림자처럼 따라온 그리움
연잎 위에 살며시 올려놓고

잘 있으란 말 못 하고 돌아선다

차향茶香

친구야
길고도 먼 인생길에
지치고 외로운 여백 없는 삶

오늘은 훌훌 벗어 놓고

느긋하게 마주 앉아
추억에 젖어 보자

피어오르는 향기 속에
이심 전심 열어 놓고

우정의 구수한 향기는
차향보다 깊구나

허공

그리움이
가슴에 내려앉을 때
당신 탓으로 돌렸습니다

슬픔이
눈물을 쏟아부을 때
당신 탓으로 돌렸습니다

어느 날
돌아보면
돌아서는 그림자 하나

그러한 당신이 미웠습니다
그러한 당신이 그립습니다

어제도 오늘도
먼 훗날 그때에도

감사하며 베풀자

꽃은 웃음을 약속하고
공기는 산소를 약속하고
사시사철 그 속에서 보채기만 했네

굽 높은 힐 위에선
세상이 콩알만 하더니
머리에 서리가 내리니
내 허물만 보이네

이제야 철이 드나
세상사 별거 아니더라
감사하며 베풀자

행복은 그 속에 있더라

시인詩人은 꽃

실오라기 매듭 되어
삶의 무게가
구비마다 쌓여 있고

시인은 매듭 한사코 풀어
백합꽃을 피운다

파란 종이 위에 낯선 시어들이
포도알처럼 매달리고
시는 꽃 속에서 바람 불러일으켜
향기를 실어 보내고

향기에 취한 별들은 스르르 눈을 감고
행복의 미소를 보낸다

소금쟁이

파랗게 물든 호수 위에
발레리나 둘이서 춤을 춘다

날렵한 몸매 긴 다리로
살짝 물을 차고
나는 듯 오르더니
번개처럼 호수 위에 큰 대자로 돌며
물보라를 일으킨다

가냘픈 발가락은 피멍으로 얼룩져도
성취감에 취하여

사뿐사뿐 긴 다리로
춤은 익어가고

호수도 흥에 겨워
어깨춤을 일렁이고
연꽃도 함박웃음으로
호수를 붉게 물들인다

어부바

일본서 갓 돌아온 오빠
그동안 못다 한 정
다섯 살 동생에게 봉사한다

포근하고 따스하고 넓은 등
양팔을 벌려 어부바 어부바

구름 위에 앉은 듯 신이 난 동생
콩닥콩닥 오빠 등 두들기며
엉덩방아를 찧는다

오빠는 예쁘다고 둥개 둥개
논둑 밭둑 돌고 또 돈다

미련

그대에게 전하려고
백합 한 송이 담장 위에 피웠더니

독수리 날다가 발끝에 채고 가네
구만리 장천을 오르락내리락

어느 햇볕 고운 들창가에
사랑으로 꽂아 주고

가다가 돌아 보고
가다가 돌아 본다

숨어보는 달빛

가슴 위로
지나가는 기적 소리 울며 떠나고

누가 뜯는가
아르페지오 기타를

잔잔한 호수에 돌을 던져 파문이 일고
하얀 눈물로 가슴은 젖어 오고

숨어보는 달빛
가지 사이로 불러

음악을 호수에 풀어
붉은 물감을 들인다

석송령*

열두 폭 푸른 치마
천 손을 벌려 놓고
밤이면 별을 불러
잎새마다 등을 밝혀
행인의 어둠을 살핀다
칠팔월 뙤약볕에
가지마다 부채질로
더위를 막아 주고
석송령 넓은 그늘에
세월도 땀을 말린다

---

* 석송령 : 예천에 있는 세금 내는 소나무 1천여평. 마을주민 이수목이 땅을
석송령에게 상속.

이주현 시인의 시가 독자에게 전달하려는 의미는 거미줄처럼 복잡한 복선은 없다. 하얀 빛깔의 순수가 전하는 단순 명료한 메시지로 어쩌면 면벽 기도 끝에 이루는 깨달음이다.

−「작품해설」 중에서

진중한 사고로 건져 올린, 삶의 단편들

지연희 시인

진중한 사고思考로 건져 올린,
삶의 단편들

지연희 시인

●

　　전통의 가치는 그 시대가 지녔던 개혁의 현실 속에서
도 끊임없이 숨 쉬는 일이다. 문화예술 전반에 이르는 자존의 확
립이며 한 그루 촛불을 밝히는 불꽃이었다. 서구의 문화며 문명의
유입이 시작되던 초기 현대시 유입으로부터 오늘에 이르기까지
대한민국 서정시 문학의 계보는 면면히 한국 시문학의 본류를 지
켜오고 있다. 그럼에도 난해한 시어의 실험적 작품이나 구조로 현
대시의 포스트모더니즘의 시인들이 적지 않다는 사실에 어느 비
평가는 분노에 가까운 필설을 피력하기도 했다. 시문학의 정석은
'서정'의 아름다움에 있다는 지론이다. '서정시는 어떤 기분이나
감정 상태를 간략하게 표현한 것에 불과할 수도 있다'라고 하거
나 '정돈된 형식으로 자신의 심리상태를 그저 단순히 표현할 수
도 있다'는 방법론적인 시각의 잣대에 귀 기울여 보자면 오늘 첫
시집을 상재하는 이주현 시인의 시에서 나타나는 진중한 감상의

표현으로 일관된 형식의 시들에서 읽을 수 있는 수법이라는 생각
이다. 시인은 새것을 좋아한다. 누구도 쓰지 않은 언어 찾기, 아무
도 발견하지 못한 깊은 산맥의 반짝이는 광맥을 찾기 위하여 험
준한 산기슭을 오르고 있다.

저 앞산 봉우리

휘감아 돌고 있는 구름 한 점

그는 뉘신가

어디선가 스쳐간 얼굴인 듯

며칠 전 꿈속에서 본 듯 아련하다

목화솜처럼 피어올라

수줍은 듯 말 못하고

우물쭈물 그냥 지나려는데

세월이 따라가며

묻고 또 묻는다

　　　　　　　　　– 시「그는 뉘신가」전문

기해년

치맛자락 거머쥐고

담을 넘고 있다

구름 속에 쌓인 햇살
살짝 이빨을 내보이고

좌청룡 우백호 내려앉은
대광사 뒤뜰에 복수초

목화솜 같은 눈 속을 헤집고
노란 입술 내밀고
쪼르르 앞으로 나온다
                    – 시「가고 오네」전문

　'앞산 봉우리를 휘감아 돌고 있는 구름 한 점'을 바라보며 화자
는 불현듯 누군가를 연상하고 있다. 산을 휘감고 돌아가는 구름
한 점과 나와의 대면을 염두에 둔다. '그는 뉘신가'라는 질문으로
부터 시작되는 이 시는 나와 무관하지 않은 어느 인물에 대한 관
점으로 한 점의 구름을 한 사람의 이미지로 환유시키고 있는 것
이다. 구름 한 점으로 마주친 '그'의 연상 작용은 주저할 것도 없
이 특정한 인물을 향한 마음속 숨은 생각을 발현시킨다. '어디선
가 스쳐간 얼굴인 듯/ 며칠 전 꿈속에서 본 듯 아련하다'는 것이

다. 어젯밤 꿈속에서 마주친 '그 사람'을 향한 마음 설렘은 우정인 듯 연심인 듯 수줍어하고 있다. '목화솜처럼 피어올라/ 수줍은 듯 말 못하고/ 우물쭈물 그냥 지나려는데' 놓아주지 않는 미련이 세월의 흐름을 잡고 머뭇거리게 한다. '세월이 따라가며/ 묻고 또 묻는다'는 것이다. 덧없이 흐르는 이 시간은 다시는 돌아오지 않는다 하여 안타까워한다. 오늘이 지나면 그 오늘 속의 온전한 나는 존재할 수 없다는 것이다. 사위어 가는 시간 속에는 어제가 놓쳐버린 수많은 의미들이 아쉬움으로 남아 슬픔으로 놓여진다는 일이다. 사람을 알고 그와 나누는 아름다움은 삶을 지탱하는 위로가 된다. 또한 진실한 아름다움일 때 더욱 소중해지는 일이다. 수줍은 듯 부끄러운 모습으로 대상을 만나 우물쭈물하는 모습이야말로 순수한 아름다움이다.

이주현 시인의 시가 독자에게 전달하려는 의미는 거미줄처럼 복잡한 복선은 없다. 하얀 빛깔의 순수가 전하는 단순 명료한 메시지로 어쩌면 면벽 기도 끝에 이루는 깨달음이다. 시 「가고 오네」는 이 시집의 제호이기도 하여 시인이 핵심적으로 말하고 싶은 울림을 담고 있다는 생각이다. 기해년 한 해가 '치맛자락 거머쥐고' 담을 넘고 있다. 마치 밤도둑이 귀중품을 들고 몰래 담을 넘어가듯 도망쳐 달아나는 한 해의 끝을 바라보게 된다. 그럼에도 부정적 어둠의 대명사인 구름 속에 쌓인 햇살이 살짝 모습을 내보이자 '좌청룡 우백호 내려앉은/ 대광사 뒤뜰에 복수초'가 '목화솜 같은 눈 속을 헤집고/ 노란 입술 내밀고/ 쪼르르 앞으로 나온다'는 겨울에서 봄으로 잇는 계절의 흐름을 시인은 완곡하게 묘사하고 있다. 기해년 한 해가 담을 넘고 저물기 무섭게 경자년 새해가 햇살을 머금고 복수초 노란 꽃을 피우며 봄을 맞이하고 있는 것이다. 어제의 네가 가고 오늘의 네가 오고 있는 것이다. '가고 온다'는 일이란 '저물고 피어나는' 일과 다름이 없다. 한 인생이 세상 밖으로 사라지고 한 인생이 세상 속으로 탄생하는 일이다. 까닭에 이주현 시집의 총체적인 메시지는 가고 오는 인생 전반의 의미를 89편의 시들 속에 모아 면밀히 반영하려 한다.

웃자
지구가 흔들리고
별들이 아자 아자 손뼉 치고
달님이 너털웃음 웃고 나오게

가슴 열고
입이 귀에 닿도록
다이돌핀이 목젖 흔들고
박장대소 웃고 나온다

건강은 웃음을 업고 다니고

행복은 오지랖에 따라 다닌다

백세는 건강이 대세다
오늘도 내일도 웃으며 살자

                    – 시「너털웃음」전문

가자
누가 오라던 말던
남이야 가던 말던
마음이 원하는 대로 가자

그곳에
눈물로 기다리는 망부석 하나
세월의 무게를 모래알로 세고
파도에 따귀를 맞아 가며
물세례를 받고 있다

그를 만나러 가자

                    – 시「망부석」전문

　　유유자적한 삶의 의미가 해탈의 경지를 넘고 있다. 시「너털웃음」은 불자의 길을 걷고 있는 시인의 세계관이 희로애락의 경지를 넘게 한다. 불의와 모순을 뛰어넘는 선자의 웃음소리가 지구촌을 흔들어 광활한 우주의 수많은 별들이 손뼉을 치고, 밤의 어둠을 밝히는 달님이 너털웃음을 웃게 된다. '웃자/ 지구가 흔들리고/ 별들이 아자 아자 손뼉 치고/ 달님이 너털웃음 웃고 나오게' 어떤 모순의 공간 속에서도 너털웃음 하나로 지구촌 모두를 웃음바다로 만들 수 있다면 이처럼 아름다운 세상은 없을 것이라는 생각을 시인은 꿈꾸고 있는 것이다. '가슴 열고/ 입이 귀에 닿도록/ 다 이돌편이 목젖 흔들고/ 박장대소 웃고 나온'다는 이 화창한 날의 환희를 시인은 염원하고 있다. 누구보다도 적지 않은 나이를 살고 있지만 매사에 긍정하며 젊음을 유지하여 내일을 여는 사고가 이주현 시인의 강점이다. '건강은 웃음을 업고 다니고/ 행복은 오지랖에 따라 다닌다// 백세는 건강이 대세다/ 오늘도 내일도 웃으며 살자'는 시「너털웃음」은 누구보다 시인이 고령의 시니어들에게 제시하는 당부의 제언이다. 백세시대를 맞이해야 하는 현대인들에게 우선된 일은 삶의 질이며 삶의 가치를 어떻게 유지해야 하는지에 대한 문제일 것이다.

　'가자/ 누가 오라던 말던/ 남이야 가던 말던/ 마음이 원하는 대로 가자' 시「망부석」의 첫 번째 연의 구조이다. 바다 건너 돌아오지 않는 지아비를 기다리다가 끝내 돌이 되었다는 여인의 화신이「망부석」이 되었다는 신화를 만나러 가고 있다. 그러나 이 시는 돌아오지 않는 남편을 기다리다 지쳐 망부석이 되었다는 애절한

아내의 사연을 조명하는 일이 아니라, 그곳 망부석이 감내하고 있는 눈물겨운 현실을 측은지심의 마음으로 조망해 내는 일이다. 단호한 어조로 시작되는 첫 행의 의미가 집요하다. '가자, 누가 오라던 말던, 남이야 가던 말던, 마음이 원하는 대로 가자'는 곳 망부석이 세워진 바닷가에 닿기 위한 결의가 선명하다. 지난한 기다림의 슬픔을 위무하기 위한 시인의 몸짓과 처연하게 온갖 풍상을 감내하고 있는 '망부석'이 경건하게 클로즈업 되고 있다. '그곳에/ 눈물로 기다리는 망부석 하나/ 세월의 무게를 모래알로 세고/ 파도에 따귀를 맞아가며/ 물세례를 받고 있다'는 그를 만나러 가자는 가엾은 마음 가득 찬 목소리가 들리는 듯하다.

그 깊은 얼음 속에
단풍잎이 피어있다
숨마저 멈춰버린 공간에서
꿈을 꾸고 있다

수정 속의 붉은 루비처럼
그대 목에 걸려 있는
불같은 사랑이다
영원을 약속하는 꿈

은하계 너머

우주의 기운은 넘쳐와

붉은 잎은

뜨겁게 타고 있다

— 시 「멈춰버린 공간」 전문

찬란한 노을 뒤에

햇살이 머뭇거린다

세월이 언제

내 키를 훌쩍 넘었나

백세는 나를 잡고

놓아줄 생각 없고

하늘 끝자락에 걸어 두고 온 인연

백발이 펄럭인다

어느 행성 좁은 골목에서

아직도 기다리는가

창 밖에 너를 두고

내 어찌 잠을 청할까

— 시 「하늘의 인연」 전문

시인의 상상력은 마치 생명의 탄생을 주도하는 여인의 지궁 속

처럼 위대한 존재의 가치를 발현시킨다. 세상에 없는 물질의 질서를 변형시키고 사물의 가치를 새롭게 하는 신비의 세계로 이끌고 있다. '그 깊은 얼음 속에/ 단풍잎이 피어있다/ 숨마저 멈춰버린 공간에서/ 꿈을 꾸고 있다' 시「멈춰버린 공간」의 첫 번째 음절이다. 누구나 들여다볼 수 있는 꽁꽁 얼어버린 개울물 유리 거울 속에 비추인 단풍잎을 한 포기 꽃으로 피워내는 도약의 경지가 아름답다. 반짝이는 시어의 아름다움은 기존의 고정관념을 뛰어넘는 새로운 인식의 전환이다. 멈추어 버린 개울물과 멈추어버린 단풍잎의 순정한 화인이 꿈결 같다. 수정 속의 붉은 루비처럼 그대 목에 걸려있는 불같은 사랑이다. 영원을 약속하는 꿈의 공간 속 멈춰버린 한 폭의 꽃이 향기로 머문다. '은하계 너머/ 우주의 기운은 넘쳐와/ 붉은 잎은/ 뜨겁게 타고 있다' 꽁꽁 얼어붙은 침묵의 세계 속에 잠들어 있다.

　시「하늘의 인연」을 분석하자면 다소는 인연의 실체를 가늠해 내기가 모호한 점이 없지 않다. '하늘 끝자락에 걸어 두고 온 인연'인 대상을 가늠하기 어려운 까닭이다. 언젠가 화자는 하늘 끝자락에서 '너'라고 지칭되는 인연과 조우했다는 사실이 성립되는 과정이라면 가능한 일이다. 하지만 '백발이 펄럭이는 인연의 너'라고 한다면 너의 존재는 '전생'에서 만나 헤어진 '네'가 아닐까 유추하게 된다. 다시 현실 속의 '나'로 돌아와 흐르는 시간의 간극을 재단해 본다. '찬란한 노을 뒤에/ 햇살이 머뭇거린다/ 세월이 언제/ 내 키를 훌쩍 넘었나' 속절없이 흐르는 시간의 푯대가 어느새 내 키를 훌쩍 넘어 머뭇거리고 있다는 것이다. 하지만 '백세는 나를 잡고/ 놓아줄 생각 없고/ 하늘 끝자락에 걸어 두고 온 인연/ 백발이 펄럭'이고 있음을 확인한다. 다만 아직도 나를 기다리는 '너'의 하늘 인연이 어느 행성의 좁은 골목에서 창밖을 내다보며 나를 기다리고 있다는 안타까움이 이 시의 미묘한 관측이라는 점이다. '창밖에 너를 두고 내 어찌 잠을 청할 수 있을까' 싶은 그리움을 성립시켜야 하기 때문이다.

날고 싶어 퍼덕이는 어깨 위에
무거운 짐 내려놓고
붙어 있는 먼지도 털었더니
잠자리 날개처럼 가볍다

햇살이
옆구리 간지릴 적마다
세월의 옆구리를 조금씩 빌린다

웃음을 빌렸더니
덤으로 행복하다

ㅡ 시 「날개」 전문

금붕어 한 마리 처마 끝에 매달려

달그랑 달그랑

바람결에 팔랑인다

큰스님 불경소리

세상 근심 녹아내리고

고요한 마음자리

촛불마저 멈춰 서는데

뜰 앞에는 참새 소리만 요란하다

사리탑 돌고 돌며

마음이 숙연해지고

눈물이 앞을 가린다

참회와 감사 부처님께 올리고

돌아서 오는 발길

가을하늘처럼

맑고 시원하다

　　　　　　　　 – 시「수덕사 풍경소리」 전문

시 「날개」를 감상하며 '마음 비우기'로 이룩한 욕심의 근원이 얼마나 참담한 나락이었는가를 공감하게 한다. 혼돈의 구렁에 빠져 천근 고뇌의 짐을 지고 살아온 사람만이 체감할 수 있는 결과이다. 비상하고 싶은 속성으로 전신을 무장한 '날개'의 어깨 위에 쌓인 무거운 짐을 내려놓고 붙어있는 먼지마저 털어내었더니 잠자리 날개처럼 온몸이 가벼워졌다고 한다. 이 얼마나 거룩한 삶의 축복인지 신비로운 깨달음이다. 해탈의 카타르시스에 이르러 정화되는 행복이 아닌가 싶다. '날개'와 '욕심'은 정비례한다. 욕심이 날개를 만들고, 날개가 욕심을 부른다. 그러나 이처럼 어떻게 매일 데 없는 마음의 가벼움으로 세상 사는 법을 터득하였을까. 이주현 시인의 시어가 전하는 의미는 정신적 안위에 머무는 정화의 기쁨일 것이다. '햇살이/ 옆구리 간지릴 적마다/ 세월의 옆구리를 조금씩 빌린다// 웃음을 빌었더니/ 덤으로 행복하다' 가볍고 가벼운 날갯짓으로 천국의 아름다움을 미리 체득하고 있다. 행복에 묻혀 사는 날은 세월의 흐름을 알지 못하고, 매사에 웃음을 부르면 행복은 저절로 찾아든다는 유유자적한 여유의 소산이다.

인간은 끊임없이 자신을 돌아볼 줄 아는 성찰의 아이콘을 지니고 산다. 시 「수덕사 풍경소리」에 스며들다 보면 세상 근심에 쌓인 인간의 나약한 모습이 보이고 큰스님 불경소리에 세상 근심 내려놓는 고요한 마음자리에 든다. 아옹다옹 살아온 일상이 다 부질없는 일임을 깨닫게 된다. 대웅전 처마 끝에 달그랑 달그랑 매달려 바람에 팔랑이는 금붕어 한 마리가 예사롭지 않은 일임을 배운다. '고요한 마음자리/ 촛불마저 멈춰 서는데/ 뜰 앞에는 참새 소리만 요란하다' 수덕사의 고요한 경내와 시인의 침묵 속 심경이 참새 울음소리로 대립된다. 사리탑을 돌며 숙연해지는 마음이 끝내 눈물을 흘리고 만다. 종내에는 참회와 감사를 부처님께 올리고 돌아오는 시인의 발길이 가을 하늘처럼 맑고 시원하다. 깨달음은 무엇이고 눈물을 흘리는 '정화'의 의미는 무엇인가. 만약 인간의 정신세계에 이와 같은 때묻어 오염된 마음을 세정하는 참회의 장치가 없었다면 어떻게 견딜 수 있었을지. 시「수덕사 풍경소리」는 나약한 인간의 허물을 씻는 세심정洗心亭이다.

꿈을 꾸다 돌아보니

재잘거리던 제비는 날아갔고

햇살은 개울물에

푹 빠져 질팡거리고

시리도록 맑은 물에

흰 다리 새우 줄행랑치고 있다

웃음은 허공에서 나풀거리고

가재 잡다가

집게다리에 물린 손가락 지금도 아린데

세월이 등을 다독거리며

눈시울 붉힌다

                    – 시 「꿈」 전문

빈방 침대에

햇살이 내려와 쉬고 있다

화병에 백합 향기는 방 안 가득하고

코끝은 향기를 빨아들이고

바람은

삐줌하게 열린 창문 사이로

날개를 접고 들어온다

산뜻한 시어들

꼬불꼬불

백지 위를 걸어 다니고

산들바람은 책장을 넘긴다

                    – 시 「빈방」 전문

    시 「꿈」은 눈 깜박할 사이에 돌아 본 시인의 삶의 내력이며, 그 질곡의 일상 속에서 밀물처럼 흘러가 버린 자화상이다. 자식들은 저마다 독립하여 분가해 버리고, 젊음은 어느 사이 개울물에 빠져 질팡거리는 동안 휜 다리로 새우가 된 육신은 시리도록 맑은 물에 줄행랑치고 있는 중이다. 덧없이 흘러간 일생의 편린들이 이 시를 그려내는 화폭이기도 하다. 어이없는 웃음은 허공에서 나풀거리며 잃어버린 나를 찾고 있다. 꿈과 희망을 향해 도약하던 손가락은 집게다리에 물려 지금도 쓰리고 아리다. 꿈을 이루려 했으나 이루지 못한 채 상처만 남아 아프다. 다만 '세월이 등을 다독거리며/ 눈시울 붉힌다'는 소회를 유감없이 들려준다. 일장춘몽과 같은 인생의 헛되고 허전한 마음을 한 편의 드라마로 면밀하게 짚어주었다. 산다는 건 치열한 생존경쟁에서 전투와도 같은 싸움이지만 돌아보면 허망하기 짝이 없는 물거품임을 극명하게 그려주었다. 깊고 진중한 사고^{思考}로 인생의 전방위적 단면들을 조망하였다. 세월이 등을 도닥거리며 눈시울 붉히는 측은지심이 따뜻하다.

시 「빈방」은 덩그러니 비어있는 넓은 공간이 전해주는 쓸쓸함이 먼저 시야에 들어선다. 아무도 없는 방이다. 그리고 이 시의 주인인 시인이 슬그머니 빈방을 침범하여 방이 지닌 풍경을 그려내기 시작한다. 침대가 놓여있고 햇살이 내려와 쉬고 있다. 침대 위 환한 빛을 안고 누운 햇살이 따뜻한 봄볕을 동반한 듯 어여쁘다. '화병에 백합 향기는 방 안 가득하고/ 코끝은 향기를 빨아들이고/ 바람은/ 삐죽하게 열린 창문 사이로/ 날개를 접고 들어온다' 화병과 백합, 방안 가득한 향기, 코끝은 향기를 빨아들이고, 바람이 열린 창문 사이로 날개를 접고 방안으로 들어온다. 빈방은 어느새 왁자한 존재들의 숨소리로 비움을 지우고 있다. 비로소 산뜻한 시어들이 꼬불꼬불 백지 위를 걸어 다니더니 산들바람이 책장을 넘기며 시 낭송을 하고 있다. 빈방은 흔적 없이 사라져 버렸다. 빈방은 빈방이 아니었다.

이주현 시인의 시 읽기를 여기서 접는다. 단정한 차림의 시편들을 감상하며 첫 시집이 들려주는 아름다운 목소리에 취하곤 했다. 최선을 다한 열정의 결과물이다. 편편이 드러나는 불심 어린 기도가 큰 깨우침으로 삶의 까닭을 짚어주고 있어 불자의 견고한 자세를 체득할 수 있었다. 시인은 고비 사막과도 같은 난공불락難攻不落을 끊임없이 걸어가는 수행자이어야 한다고 했다. 더 깊은 시어를 생산하는 내일을 기대하며 축하드린다.

가고 오네

이주현 시집

RAINBOW I 087

가고 오네

이주현 시집